INHALT

Guten Morgen!

...und noch ein gekünsteltes Lächeln...

Du meinst sicherlich die Lifesendung?!

Gerede über Fernseh-sendungen... Ich stimme ihr einfach zu...

Am besten tue ich so, als wäre ich genauso gut drauf wie meine Mitschüler.

Hallo!

Hast du's gestern auch gesehen?

Nein! Die Nachrichten gestern!

Die Meldung mit den Händen!

6

Find ich auch!

Jaa! Hab ich gesehen!

Die abgehackten Hände sind spurlos verschwunden.

Wer denn?

Ich hab gehört, dass jemand auf unserer Schule ebenfalls eine krasse Narbe am Handgelenk hat.

Das ist ja furchtbar!

Machst du Witze?! Die sieht doch megascharf aus!

Du redest von Morino, richtig?

Die Arme! Sie spricht mit niemandem und scheint auch keine Freunde zu haben...!

Flapp

Sie ist etwas seltsam!

Aha!?

Dinng Dooong

Lasst uns nach der Schule hingehen!

Ich bin doch total pleite!

Cool!

Egal! Wusstet ihr schon, dass POPIN wieder neue CDs hat?

Hände-
räuber
...?!

Superstar spurlos
verschwunden

Schnip

Der 7. Fall in Folge
Der Händeräuber

Schnip

Schnip

Dieser
Fall reizte
mich schon
seit
langem!

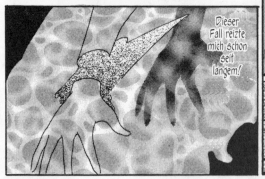

Der Täter
interessiert
sich für
jede Art
von Händen
...

Hände von
Erwachsenen,
von Kindern,
Pfoten von
Tieren.

Bis heute wurde noch niemand ermordet.

Er hackt sie ab und nimmt sie mit.

Der Täter ist also nur hinter den...

...Händen her.

11

Der ist
genauso drauf
wie ich.

Ich will
ihre Hände
haben...!

Morino!

12

13

Bestimmt wirst du dort schon erwartet!

Wer ist schon so blöd und hilft ihm beim Aufräumen?

Bin doch nicht verrückt...

Chemiesaal ...?

Möglicherweise hat Herr Shinohara dort den Test für Morgen vorbereitet.

...liegen noch 'ein paar Notizen von dem Test für morgen rum?!

Ha ha ha ha

Bei dir hackt's wohl!

Vielleicht ...

Chemiesaal

Klappt wie
geschmiert!

Morino
....?!

16

Wenn Herr Shinohara den Chemiesaal aufräumt, bringt er den vollen Mülleimer immer zuerst in den Hörsaal.

Meine Strategie!

Genau für diesen Fall hab' ich im Hörsaal einen weiteren Mülleimer versteckt.

change!

Tausch der Mülleimer

Hörsaal

MORINO

Weg des Mülleimers

Lehrerpult

Ich

Sonst stört der Mülleimer

Chemiesaal

...für den Test morgen suchen!

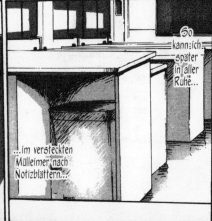

So kann ich später in aller Ruhe...

...im versteckten Mülleimer nach Notizblättern...

Hast du die Schülerin dort gesehen?

Sie kommt jeden Tag in der Mittagspause in den Hörsaal.

Die von meiner Schwester sind genauso!

Ich hab schon lange kein Mädchen mehr gesehen, dass...

...so lange pechschwarze Haare hat.

Tock

Aha?!

18

Wroommmm

Rassel

Vielen Dank für deine Hilfe!

Rassel

Rassel

Rassel

Dieser
Puppe
fehlen...

?

Willkommen
daheim!

24

Die Puppe beweist noch lange nicht, dass er...

Diiing, Dooong.

Aber wenn er's doch ist, wo hat er die restlichen Hände versteckt?

...der Täter ist?!

bla bla
bla
bla

Heute findet im Hörsaal eine Lehrerkonferenz statt.

Der Hörsaal ist ab Mittag für euch geschlossen.

Diiing, Dooong.

Einen Moment noch!

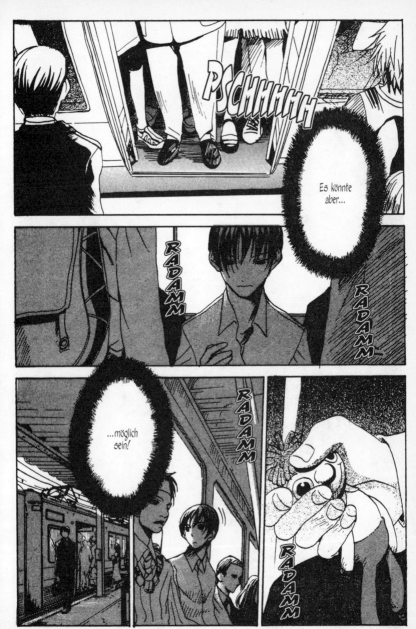

Tipp

Brumm

Cool bleiben!

Tja!
Im ersten Stock hat er nur seinen Computer und seine Bücher.

Vielleicht hat er doch nichts mit der ganzen Sache zu tun...?

Tick Tack

Tick Tack

Mir bleibt also noch ein bisschen Zeit.

Er müsste noch in der Konferenz sitzen.

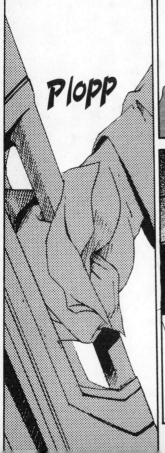

Plopp

!

Brumm

Aber...!?

!

BAMM

Tapp
Tapp
Tapp

Oh, nein!!

Bruuuumm

...alle
weg!

Sie
sind...

Ich glaub's
nicht!

Ver-
dammt!
Wer macht
so was?

Tapp

Tapp

Tapp

Raff

Sogar
meine
Pfoten...

Warum
die Hände?

...und meine
Puppenhände
sind fort!

Tapp

Mist!!

SCHLAB

Wieso hat er nichts anderes geklaut?

Warum nur die Hände?

...?

...sie hier verstecke!

Er muss gewusst haben, dass ich...

Hm? Was ist das?

Das hatte ich wissen müssen!

Ha ha ha

Das war ihr Werk!

...dann hack ich ihr langsam die Hände ab!

Erst werde ich sie wie eine Tomate zerquetschen und...

Ich bring
sie um!

Wo
hast du
sie hin?

Sogar
die von der
Puppe hast du
geklaut!

Wie?

Du brauchst
gar nicht versuchen
zu leugnen! Ich
weiß, dass du's
warst!

Hörsaal 1

Du hast
im Chemieraum
wohl die passende
Puppe gefunden.

Wie
hast du
erkannt, dass
das eine Hand
war?

Du wolltest keine Spuren hinterlassen, doch leider...

Deshalb hast du mich verdächtigt und bist in mein Haus eingebrochen!

...hast du was übersehen!

Hier ist der Beweis!!

40

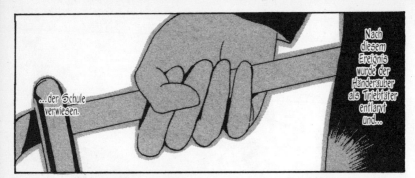

Nach diesem Ereignis wurde der Händeräuber als Triebtäter entlarvt und...

...der Schule verwiesen.

Dabei wollte ich...

...unbedingt die Hände von Morino haben.

...wird Shinohara Morino zur Strafe ihre Hände abhacken.

...und alle Hände mit nehme...

Ich hatte gehofft, wenn ich ein Haar meiner Schwester in der Wohnung lasse...

SPECIAL THANKS ★ KAZUMA KONDO ★ AKITO TODO ★ & YOU!

Hallo...!

Verrätst du mir bitte wie du das machst, immer so cool zu sein?

Es war an einem warmen Frühlings-nachmittag...

...Anfang Mai...

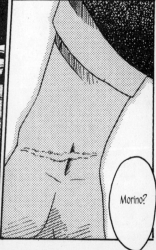

Morino?

Wir merkten schnell, dass wir ähnliche Interessen haben.

Das war das erste Mal, dass wir miteinander redeten.

Aber wenn ich ihre weißen Hände sehe, erinnert mich das...

Morino akzeptierte meine Gefühllosigkeit auf ihre...

Nichts!

...immer an mein gescheitertes Projekt!

Was hast du denn?

...angenehme, aber un-interessierte Art.

Zum ersten
Mal spielte
ich mit dem
Gedanken...

...Morino
umzubringen.

Das hat
aber nichts
mit dieser
Handlung
zu tun.

Es hatte
sich nur fest
in meine Gedanken
eingeprägt.

c a s e ; I

10. Mai.

Im T-Wald
schlitze ich einer
jungen Frau namens
Mitsue Kusuda
langsam den
Bauch auf.

case ;2

21. Juni:
Ich spreche
eine Frau namens
Kasumi Nakanishi
an, die mit ihrem
Einkaufskorb an
der Bushaltestelle
steht.

...in einer
kleinen Hütte
im H-Wald beruhigt
sie sich endlich.
Ganz langsam fange
ich an, sie zu
zerstückeln.
Als erstes...

Wie findest du das?

Mitsue Kusuda, Kasumi Nakanishi ...

Diese Namen wurden in den Nachrichten erwähnt. Es treibt sich mal wieder ein Massenmörder herum.

Kommt dir der Inhalt nicht irgendwie bekannt vor?

買い物袋を抱え

女は中西香澄と
呼びかけると

ムの麓に車

取り出したハンマー

Dieses Notizbuch hab ich letzte Woche gefunden.

Und warum?

Richtig!

Es ist ein ungewöhnlicher Fall!

Ich finde diesen Fall super aufregend!!

Flapp

Flapp

Ich kann sie sehr gut verstehen, da ich genau aus dem gleichen Grund...

...täglich die Nachrichten verfolge.

Auf diese Art und Weise suchen Morino und ich ständig nach düsteren Geschichten.

Es gibt Menschen, die andere umbringen...

...und Menschen, die umgebracht werden.

hat Nanami Mizuguchi mit ihren roten

Solche Gespräche zwischen uns...

...wurden irgendwann zur Gewohnheit.

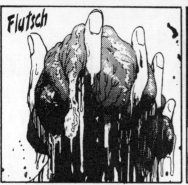

Flutsch

RITSCH

Ich habe Nanami Mizuguchi vor dem Nudelgeschäft in der Nähe des S-Bergs kennengelernt.

Im Wald am Südhang des Berges stand ein alter Tempel. Ich ging mit ihr dort hin.

In meinem Lieblingscafé wo es immer so schön ruhig ist.

Wo hast du das gefunden?

...

58

Sprachlos
stand Morino vor der
Leiche, hob Nanami
Mizuguchis Kleider
auf und steckte sie
in ihre Tasche.

Kaum zu
glauben, dass
dieses Opfer
früher wie ein
Mensch
ausgesehen
haben soll.

Wir fanden sie
an einen Baum
gefesselt und ihre
Organe hatten sich
bereits schwarz
verfärbt.

Das war
unsere erste
Begegnung
mit Nanami
Mizuguchi.

Wieder waren mehrere Tage verstrichen, bis Morino sich meldete.

Sie förderte ihr Notizbuch zurück, das ich mir ausgeliehen hatte.

Guten Tag!

?!

Wartest du schon lange?

BIMMEL BIMMEL

Ist es nicht herrlich ruhig hier?!

Ich dachte, du bräuchtest länger, um hierher zu finden.

Wie?

Ach! Du meinst das Outfit?

Was soll dieses Kostüm?

Schau doch! So sah sie früher aus!

Ich fand dieses Büchlein in ihren Klamotten.

Schon wieder ein Notizbuch?

Hmmm!

Und?

Willst du so bleiben?

Nanami Mizuguchi

Warum nicht? Ist doch witzig!

Druck

Lass uns gehen!

Gerne!

Wie du meinst!

Bestimmt werde ich gerade...

KRATZ

...von der ermordeten Nanami Mizuguchi...

...umarmt.

Das hat nichts damit zu tun!

Nanami hätte dieses Notizbuch sicherlich nicht zurück-verlangt!

Bevor ich es vergesse! Du hast mir noch nicht mein Notizbuch wieder-gegeben.

Hier!

Danke!

Streich

...genau erinnern, dass ich im Café an diesem Tag zweimal auf die Toilette musste.

Leider nicht! Aber ich kann mich noch...

Hast du herausgefunden, wem das gehören könnte?

66

PLATSCH PLATSCH

Als ich zum ersten Mal ging, lag das Notizbuch noch nicht auf dem Boden.

Erst als ich kurze Zeit später noch mal musste. Es war ein Sauwetter, dass keiner außer dem Besitzer hinausging.

Das bedeutet, dass der Mörder auch im Café war.

Richtig! Dann hab ich's gefunden!

Da könnte was dran sein!

...hatte ich ein mulmiges Gefühl im Magen..

Als wir uns am Bahnhof verabschiedeten ...

Braummm

Welches Motiv könnte der Mörder haben?

Kratz Kratz

Buße...

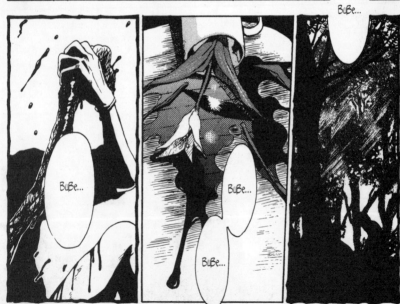

Buße...

Buße...

Buße...

Mmmmh

Mmmh

RAMMS

Sorry, aber ich hab Schicht! Wir unterhalten uns später weiter!

F Morino -

Hilfe

Sie hat sich schon seit zwei Tagen nicht mehr gemeldet.

Am nächsten Morgen hatte ich eine Nachricht von ihr erhalten.

TOCK

TOCK

TOCK

TOCK

...

Bi bi

Wie soll ich das verstehen?

Diese Nachricht ist wieder sehr typisch für sie!

TUUT

TUUT

TUUT

Klick

Unterbrochen?

Klingelingeling

Klingelingeling

Klingelingeling

Ich komme ja schon!

Guten Tag, Frau Morino! Ich hoffe, ich störe Sie nicht.

Dürfte ich bitte mit Yoru sprechen?

KLACK

Ja!

Ja!

Morino, Guten Tag!

Sie ist seit gestern Abend nicht mehr heimgekommen. Wo kann sie nur stecken?

Yoru?

Liegt in ihrem Zimmer vielleicht ein braunes Notizbuch herum?

TAPP

Nicht heimgekommen?

75

So ist das also!

Hi Hi Hi

Jetzt wird mir klar, warum Yoru plötzlich so gerne in die Schule geht!

Ein voll Schön wie ihr damit

Nein, nein! Die Schrift ist mir viel zu klein!

Meine Augen sind nicht mehr die Besten ...

Klar!

Mich interessiert doch, was aus ihr geworden ist...!

Wollen Sie etwa meine Tochter suchen gehen?

Nein! Leider nicht!

Hat Yoru Ihnen vielleicht erzählt, wo sie...

...hingegangen ist?

?

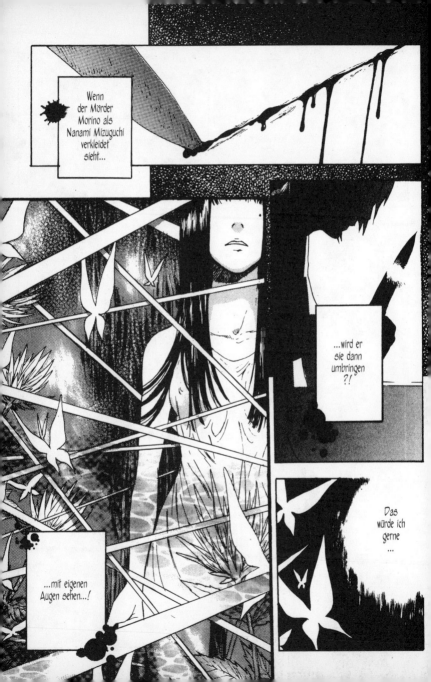

Wenn der Mörder Morino als Nanami Mizuguchi verkleidet sieht...

...wird er sie dann umbringen ?!

Das würde ich gerne ...

...mit eigenen Augen sehen...!

Außerdem
weiß ich gar nicht,
ob der Mörder Morino
gefangen hält!

Die Frage
stellt sich eher,
ob der Mörder
eine weitere Tat
begehen wird?

BRUMM

BRUMM

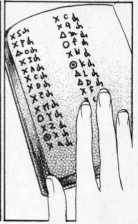

Es gibt
keine Hinweise.
Wie soll ich
sie finden?

Das kann
dauern!

Ich suche morgen weiter!

Nur nicht hetzen!

SUMMM
SUMMM

PLOPP
PLOPP
PLOPP

PLOPP

SUMMM
SUMMM

SUMMM
SUMMM

Sorry! Hatte ich schon wieder vergessen!

Morino hatte es mal erwähnt.

Nein, danke! Ich bin ein Freund von Yoru Morino. Sie kennen sie doch, oder?

In dieses Café kommen nur Stammgäste.

Selbstverständlich! Sie ist Stammgast hier!

Und...?

Lebt sie noch?

Sie hat hier gestern...

Schwupp

Kommt es dir bekannt vor?

!

...dieses Notizbuch gefunden.

Tock

Ich weiß nicht, wovon du sprichst?

Ich gebe zu, das war nicht leicht!

Lächel

Gratuliere! Wie hast du's herausgefunden?

...dass Morde nicht immer nach Plan verlaufen.

Der Grund dafür, warum alle Verbrechen in diesem Notizbuch so detailliert beschrieben sind, ist doch...

Der Verbrecher muss also den Verlust seines Notizbuchs sofort bemerkt haben.

Ich hätte es auf jeden Fall stets bei mir...

...um immer darin lesen zu können und mir den Verlauf des Verbrechens zu vergegenwärtigen.

...kann er das nächste Verbrechen nicht begehen...

...da das Notizbuch möglicherweise in die Hände der Polizei geraten ist.

Doch...

...als er danach sucht und es nicht findet...

Trotzdem ist...

...Morino spurlos verschwunden ...!

Wie kommst du nun darauf, dass ich der Täter bin?

Aha?!

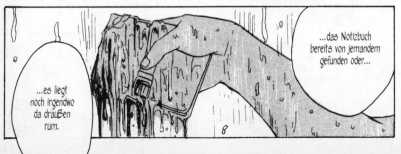

schwing

Sie ist hier im Haus!

Oben im zweiten Stock!

?

Tschip

Auf Wieder-sehen!

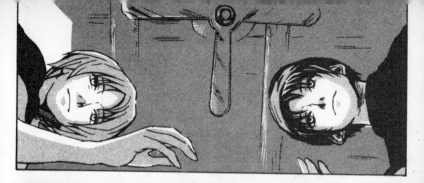

CHAK

Bimmel
Bimmel

Tapp

Guten Morgen.

Puuuhhh

Als ich gefangen wurde, konnte ich dir gerade noch eine SMS schicken.

Er kommt nicht wieder!

Heeeeiii

Binde mich los, bevor er wieder-kommt!

Gute Frage...!

Wi-wieso?

?

Aber...

Sie?

?

Vielleicht war er glücklich, sie wiederzusehen?

...wieso hat er so etwas...

...mit mir gemacht?

Lose

Morino hat wohl nicht gemerkt, dass er der Massenmörder war.

Als Andenken nahm ich das Messerset und ein paar Blätter mit, worauf Kreuze gemalt waren.

SPECIAL THANKS ★ HIGUCHI AKIHIKO ★ KOZIMA ★ TSUGANO GAKU

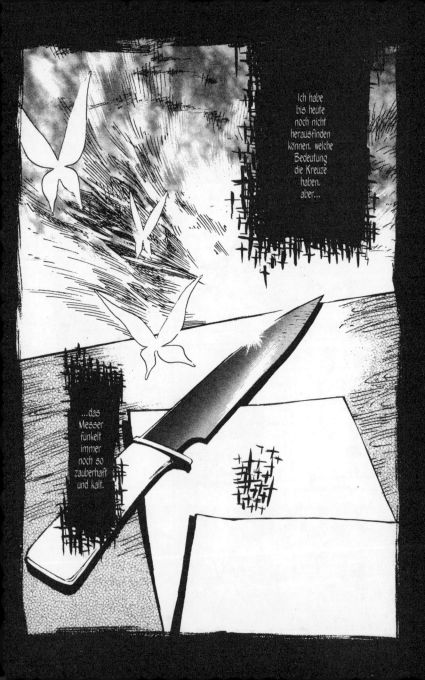

GRABB

GRABB

GRABB

GRABB

GRABB

Seitdem sind drei Jahre vergangen...

An jenem Tag....

...als ich den Nachbarsjungen in eine Holzkiste steckte und lebendig begrub, spürte ich zum ersten Mal...

...das Verlangen, einen Menschen zu begraben, den ich liebte.

Ⅲ 土 Grave

Du!

Welche ist deiner Meinung nach die grausamste Methode, einen...

...Menschen zu töten?

Du stellst Fragen!

Das hängt wohl ganz von der Situation ab.

Wie zum Beispiel zu verhungern oder zu ertrinken?

Stimmt! Vielleicht!

Ja, das auch, aber ich meine noch viel schlimmer!

So schlimm, dass sich jeder vor Angst und Verzweiflung die Augen zuhalten würde.

Bestimmt ist es schrecklich, langsam und qualvoll zu sterben.

Lebendig begraben zu werden, wäre super schrecklich!

Wovon redet ihr überhaupt?

?

Ein Schrei?

Hat kaum jemand mitbekommen, weil es so dunkel war.

Gestern wurde mitten in der Nacht ein Mädchen im Park überfallen.

Außerdem ist sie noch nicht hier!

Morino wohnt doch dort in der Nähe. Vielleicht wurde sie ja entführt?!

Quatsch!
Sie ist
bestimmt
okay!

Sie wird
mal wieder
schwänzen...!

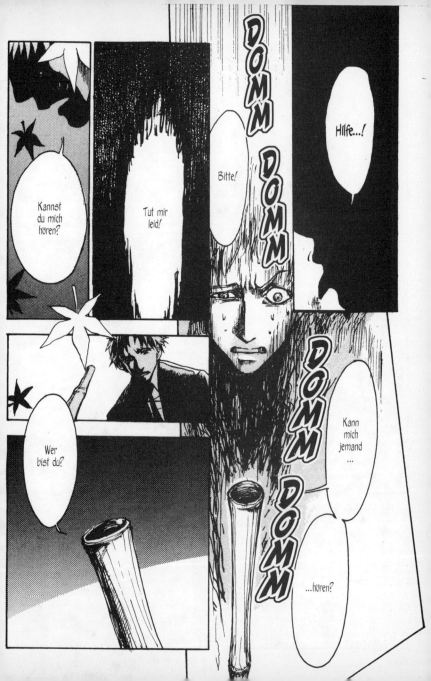

Ich heiße Saeki.

Dein Name ist Yoru Morino, richtig?

Ich hab in deiner Tasche deinen Pass gefunden.

Wie fühlst du dich da unten?

...

Hast du mich entführt und hier eingeschlossen?

Lass mich sofort wieder raus!

Er-
ertrinken?

Ich werde
jetzt was essen
gehen! Benimm
dich anständig,
bis ich wieder-
komme.

Du kannst
dir gar nicht
vorstellen, wie
sehr du mich
da unten
anmachst!

Das ist
verrückt,
oder?

Na?
Hast
du jetzt
Angst?

Schluck

Dein
Ende ist
nur eine
Frage der
Zeit!

Eines Tages kommt diese Sache ans Tageslicht!

Was meinst du damit?

Du hast den Kugelschreiber in meiner Jackentasche übersehen. Damit werde ich mir meine Halsschlagader zerstechen.

Außerdem werde ich mich selbst umbringen, bevor du das tust!

Ich werde aber auf keinen Fall einsam sterben!

Auf jeden Fall wirst du da unten sterben!

Egal, ob du dich selbst umbringst oder nicht.

110

Das wird er auf keinen Fall zulassen.

...wie schwarze Tinte in Wasser.

Ihre letzten Worte verbreiteten sich tief in meinem Herzen...

Ich muss mich ablenken! Am besten gehe ich in ein Restaurant.

TAPP TAPP

Grabsch

....!

Wie kann sie in ihrer Lage so etwas behaupten?

TAPP

Verdammt!

Wo ist mein Ausweis?

....!!

Vielleicht hab ich ihn gestern Abend...?!

Das darf doch nicht wahr sein!

Wenn ihn jemand findet...!

TAPP

TAPP

TAPP

TAPP

Zum Glück ist hier noch nicht so viel los!

Blätter...!

Schwein gehabt! Scheint so, als wäre noch keiner hier gewesen!

Kann ich Ihnen behilflich sein?

Rassel Rassel

Haben Sie etwas verloren?

Sind Sie aus dieser Gegend? Vielleicht haben Sie gestern Abend zufällig einen Schrei gehört?

Quietsch

Ich vermisse diese Person schon seit gestern Abend.

Quietsch

Ehrlich gesagt, suche ich auch etwas. Um genauer zu sein, suche ich eine Person.

Schluck

Hätte ja sein können!

Der Schrei war wohl laut zu hören!

Ähhhm! N-nein!

Sind Sie ein Freund von diesem Mädchen?

Und Sie?

Ja...!

Kann man so sagen.

Ja... ähhh...

Ich kenne ein Mädchen, das mir hier jeden Tag über den Weg läuft, außer heute.

Ich dachte, dass Sie vielleicht dieses Mädchen meinen.

Das habe ich nicht erwähnt.

Sie haben eben "Mädchen" gesagt.

Woher wollen Sie denn wissen, dass die Person, die ich suche, ein Mädchen ist?

Sind Sie hier, weil Sie sich Sorgen machen?

Eigentlich nicht!

Hat sie langes Haar und ist sehr schlank?

Ja! Außerdem hat sie ein Muttermal unter ihrem linken Auge.

118

Sie sehen etwas blass aus.

Ich will hier weg!

Soll ich Sie nach Hause bringen?

Dieser Kerl hat bestimmt...

Wenn es so wäre...!

...meinen Ausweis gefunden.

Grabsch

...freundlich von Ihnen.

Das wäre sehr...

122

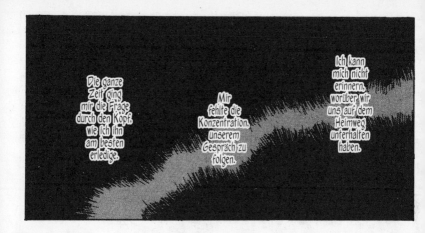

Die ganze Zeit ging mir die Frage durch den Kopf, wie ich ihn am besten erledige.

Mir fehlte die Konzentration, unserem Gespräch zu folgen.

Ich kann mich nicht erinnern, worüber wir uns auf dem Heimweg unterhalten haben.

...

Wo kann sie nur sein?

Ein wunderschöner Garten!

Danke schön! Ein richtiges Stück Natur, nicht wahr?

Möchten Sie eine Tasse Tee?

...erklären,
aber sie zieht
ständig...

...ungewöhnliche
Menschen an.

Es ist
schwer
zu...

Schluck

RING

RING

Was hab ich bloß...

...falsch gemacht?

Ja! Hallo?!

Auch Kosuke habe ich geliebt.

Früher war ich doch so freundlich und liebenswert.

Wann wurde ich zu einem Abschaum, der ohne zu zögern Menschen umbringen kann?

Wie sah er...

...noch mal aus?

Kosuke?

Herr Saeki!

Schreck

Mir ist etwas dazwischen gekommen.

Ich muss mich leider verabschieden.

Ja?

Das ist unmöglich!

Es war Yoru Morino.

Sie scheint unversehrt zu sein.

Tapp

Tapp

Sie liegt doch unter der Erde?

Das verstehe ich nicht!

Noch am gleichen Abend...

Von ihr war nicht das Geringste zu hören.

...schlug jeder Versuch fehl, mit ihr zu sprechen.

SCHWUPP

Japs

!

Würg
...

Wie
Sie sehen
können, ist das
nicht Yoru
Morino.

Wi-
wieso...

...seid ihr
hier?

Er ist mein Mitschüler...

...und der Freund Ihres Opfers!

!

Tapp

W-warum?

...in Richtung Garten gelaufen.

Herr Saeki. Ich dachte mir, dass Sie dieses Mädchen irgendwo hier in Ihrem Garten vergraben haben.

Als Sie Yoru Morino gesehen haben, sind Sie nämlich ganz blass geworden und...

132

Seit Sie mir erzählt hatten, dass Yoru Morino ein Muttermal unter dem linken Auge hat...

...hatte ich Sie verdächtigt.

Wussten Sie von Anfang an...

...dass ich der Täter bin?

Den hat sie wohl unterwegs gefunden.

A-aber...

...sie hatte doch den Schülerausweis von...!

Dann haben Sie also meinen Ausweis gefunden?

In der Nähe des Parks?!

Notizbuch?

Moment ...!

Vielleicht hat sie...

Rausch

Herr Saeki...!

Polizei

...was in mich gefahren ist.

B- bitte...!

I-ich weiß auch nicht...

Warum bin ich bloß mit so einer schwarzen Seele geboren worden?

...und hätte jegliches Zeitgefühl verloren.

Als wäre ich selbst in einem Sarg eingesperrt...

SPECIAL THANKS ★ YAMADA ★ dorinu ★ DAIDo ● H. ISIZUKA ★ AN-° ★ ADE ★ CHIHAYA ★ IWACCHI ★ SATOSI ★ ★ ★ KATUKA ★ TSUGANO

Zwitscher

Zwitscher

Der Bambusstab war zum Atmen gedacht, richtig?

Alles in Ordnung?

Sie haben sie in der Kiste eingesperrt und dann lebendig begraben.

Ich weiß es nicht, aber...

Wieso haben Sie das getan?

Ja!

136

...ich tat es, weil ich es...

...wollte.

...aber ich bin froh über meine Einsicht!

Ich glaube nicht, dass mir dadurch verziehen wird...

Ich werde mich der Polizei stellen!

...bei dir...

Wo ist eigentlich der andere Junge hin?

„Er"?

...für immer...

...Ich liebe dich...

Wer hat das Loch zugebuddelt?

139

...weil wir
für immer
zusammen-
bleiben
werden...!

142

Ich war das Ebenbild meiner Zwillingsschwester.

Unsere Mutter gab uns die Namen Yoru und Yu. Wir waren uns so ähnlich, dass uns niemand auseinander halten konnte.

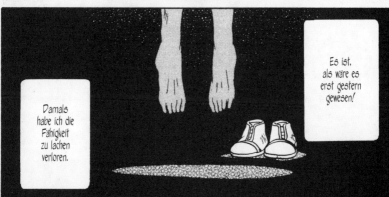

Damals habe ich die Fähigkeit zu lachen verloren.

Es ist, als wäre es erst gestern gewesen!

Schwester?

Ich wusste nicht, dass du eine Schwester hast?!

Das ist von meiner Schwester. Du hast es mir doch geschickt, oder?

Verarsch mich bloß nicht!

Es tut mir Leid! Ich wollte dich nicht verdächtigen!

Ich habe in der letzten Zeit nicht besonders gut geschlafen.

Nein!

Du warst das wirklich nicht?

Klock

Warte bitte!

Sorry!

Wie du willst!

Ist sowieso schon ewig her!

Erzähl mir bitte mehr von deiner Schwester!

Damals lebten wir auf dem Land und hatten kaum Freunde.

Ich hatte eine Zwillingsschwester namens Yu. Wir waren unzertrennlich und spielten jeden Tag zusammen.

Wir liebten es zu malen und Streiche zu spielen. Häufig stellten wir uns einfach tot und erschreckten damit andere Menschen.

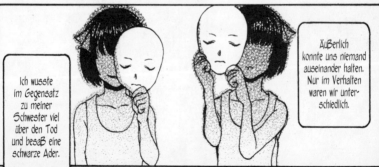

Ich wusste im Gegensatz zu meiner Schwester viel über den Tod und besaß eine schwarze Ader.

Äußerlich konnte uns niemand auseinander halten. Nur im Verhalten waren wir unterschiedlich.

Bolognese

Waaahhh!

Yu war so schwach, dass sie fast alles machte, was ich ihr sagte.

Von mir kam auch die Idee, uns einfach auf der Straße tot zu stellen und die Leute zu erschrecken.

...bis sie sogar anfing zu weinen.

Aber als ich unserem Hund Bleichmittel als Futter geben wollte, verteidigte sie unseren Hund...

KNUURRRR

Ich liebte es, Yu weinen zu sehen.

Doch dieses Verhalten konnte ich ihr nicht verzeihen.

Trotz alldem waren wir ein Herz und eine Seele.

Dann begann die Zeit, als wir anfingen, uns „aufzuhängen".

Es war ein einfacher Trick.

Wir nahmen zwei Seile.

Yu liebte diesen Streich ganz besonders.

Ein Seil wurde um den Hals gebunden und das Notseil um die Hüfte.

Ich dachte mir nichts dabei und ging einfach weiter.

...sah ich meine Schwester allein in die Scheune gehen.

Doch eines Tages...

Und das, was ich sah ...

Ungefähr eine Stunde später schaute ich nach ihr.

Von den Leuten, die ich kenne...

...bist du der einzige, der sich für meine Vergangenheit...

...interessieren könnte.

Warum sollte ich so etwas tun?

Ich habe über frühere ...

...Mordfälle recherchiert.

Was sonst!

Mal was anderes: Was liest du da eigentlich seit gestern?

Schenk ich dir, weil ich dich verdächtigt habe!

Hier! Für dich!

?!

?

KLAPP

...!

Das ist doch das Opfer aus dem alten Krankenhausgebäude.

Das war nur Zufall!

Ich dachte, ich hätte diese Frisur schon im Fernsehen gesehen.

!

Stimmt! Du hast es gleich erfasst!

...das Verlangen nach der Dunkelheit.

Ach so!

Ich dachte schon...!

Er hat, genauso wie ich, ständig...

Dieses Foto!

Ich hab's von einem Schüler aus der Parallelklasse bekommen. Dieses Foto wurde niemals veröffentlicht.

Er kommt ebenfalls ab und zu in diese Bibliothek und recherchiert über Mordfälle.

Hmmm!

Sag bitte nicht, dass du das warst?!

Die Frisur des Opfers auf dem Foto hat überhaupt keine Ähnlichkeit mit der des Opfers aus dem Fernsehen.

Trotzdem hast du richtig geraten!

Ich?

159

Sorry! Ich will dich nicht damit nerven!

Manchmal kommt es mir vor, als würdest du lachen, ohne eine Seele zu besitzen.

Ich bin nicht so wie du!

Bei mir ist es genau umgekehrt!

Mach dir keinen Kopf!

Das hab ich schon gemerkt!

160

Dann ist es ja gut!

Tapp

Ach ja?

BATSCH

Hey! Was ist zwischen euch passiert?

Hey! Das ist doch Takemi aus der Parallelklasse!

Willkommen im Club der einsamen Herzen!

Blödsinn!!

ha ha

Hat sie dich schließlich doch noch auf den Mond geschossen?!

Die scheinen sich echt gut zu verstehen!

Wer ist hier eifersüchtig?!

Unglaublich!

Bis später! Und bloß keine Eifersuchts- dramen!

Rassel!

Das wird noch witzig!

Yoru Morino ...

162

Mein Messer ist schon lange nicht mehr zum Einsatz gekommen.

Tapp

Knarz

Ich kann schon das...

...Blut riechen.

KNIRZ

KNIRZ

Waaaas?

MUMMS!!

Hier ist vor kurzem ein Mitschüler von mir aufgetaucht?

Hatte ich das noch nicht erwähnt? Ist schon fast eine Woche her!

He He He

Was hast du ihm denn erzählt, Mom?

Er interessierte sich für deine Kindheit.

Als du noch auf dem Land gelebt hast.

Ist was?

Hab ich was falsch gemacht?

Nein! Ist schon gut!

Klack

Ist neulich jemand bei dir vorbeigekommen? Er ist ungefähr in meinem Alter.

Hallo, Omi, ich bin's Yoru!

Hallo, Yoru, wie schön, mal wieder von dir zu hören!

Verdammter Bastard!

Ja!
Er hat dein
selbst gemaltes
Bild von damals
mitgenommen.

Er hat
gelogen!

Anstatt
dir darüber
Gedanken zu
machen, komm
uns doch mal
wieder
besuchen.

Klack

Also
doch...!

Also
doch?
Was hast
du denn?
Hallo?

TUUT *TUUT*

166

Bla
Bla

Bla
Bla

Wieso
hast du
gelogen?

Gelogen?

Seit du erfahren hast, dass sich meine Schwester erhängt hat, schnüffelst du in meiner Vergangenheit herum!

Du warst vor einer Woche bei mir zu Hause und hast...

Spiel nicht mit mir! Du bist der einzige, der weiß, wo ich wohne!

Bei dir zu Hause?

...meine Mutter über meine Schwester ausgefragt.

168

Das hätte ich nicht von dir erwartet.

Du hast mich sehr enttäuscht!!

Sogar meine Oma hast du besucht!

Was ist in deiner Vergangenheit passiert?

Verstanden?!

...

Hör auf damit!

Du verheimlichst doch was?

Yoru Morino!

Mit dir rede ich nicht mehr!

Sei doch nicht so streng zu ihm.

!

?

Wer?

Du
bist meine
Beute!

Wieso hast
du mich nicht
gerettet?

Du
Heuchlerin!

Willst
du dich
ewig selbst
belügen?

Der Tod
war für dich
bestimmt!

Weißt du's immer noch nicht?

Ich bin's!

Tapp

Es gibt Menschen, die andere umbringen und Menschen, die umgebracht werden.

Im Moment gehörst du zur zweiten Kategorie...

179

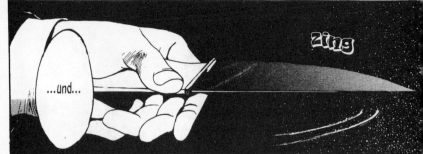

...und...

zing

...ich...

...zur ersten!

V

記憶 〈後編〉

Twins II

V Zwillinge - Die Erinnerung II

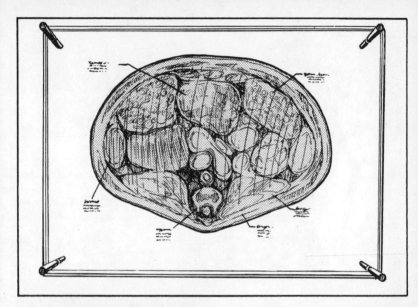

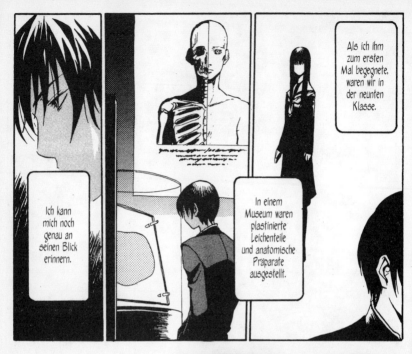

Als ich ihm zum ersten Mal begegnete, waren wir in der neunten Klasse.

Ich kann mich noch genau an seinen Blick erinnern.

In einem Museum waren plastinierte Leichenteile und anatomische Präparate ausgestellt.

So kalt und gefühllos als stünde ich...

Mir war von Anfang an bewusst, dass dieser Junge gefährlich ist.

...dem Tod persönlich gegenüber.

Es gibt Menschen...

Ich gehöre zur...

Tapp

...die andere umbringen und Menschen, die umgebracht werden.

...ersten Kategorie!

Ich wusste es genau!

Es musste so kommen!

...hier sterben?

Werde ich...

Warum bist du gekommen, wenn du es wusstest?

Wegen deiner Schwester oder...

Es hat mich schon immer gereizt, dein Fleisch zu bearbeiten.

Bingo!

Das Foto ist von mir!

Dann war das...

...Foto von...!

Dieses Bedürfnis wurde von Tag zu Tag stärker, so dass ich es nicht mehr...

...länger aushalten konnte. Deshalb hab ich in dieser Ruine einen anderen Menschen zerhackt!

Das war die einzige Möglichkeit, meine...

...Neigungen zu befriedigen.

Aus einem
ähnlichen Grund
hat mich auch deine
Vergangenheit
interessiert!

Tapp

Sind Sie ein Freund von Yoru?

Herzlich Willkommen!

Nick

Ich kann mich noch genau an sie erinnern.

Ich habe gehört, dass hier in dieser Scheune ihre Schwester aufgefunden wurde.

Meinen Sie etwa Yu?

Sie versteckte sich imme hinter ihrer Schwester.

Im Vergleich zu ihrer großen Schwester Yoru war Yu sehr schüchtern.

Trotzdem spielten sie immer zusammen!

Yoru mochte das nicht und ärgerte Yu immer so lange, bis sie anfing zu weinen.

Darum wussten wir damals zuerst nicht, wer von den beiden umgekommen ist.

Es war sehr schwierig, sie auseinander zu halten.

Wenn sie sich so ähnlich waren, wie konnten Sie...

...beide auseinander halten?

Yoru hatte schwarze Schuhe und Yu weiße.

Ihre Schuhe!

Sie hatten unterschiedliche Schuhe an.

Sehen Sie die unterschiedlichen Schuhe?

Ah! Da ist es ja!

Hier müsste doch noch...

...ein altes Bild von den beiden sein.

...am Schuhabdruck erkennen, dass es Yu war.

Deshalb konnten wir damals...

Der Boden war vom feuchten Wetter weich geworden, dass...

...die Schuhabdrücke von Yu deutlich zu sehen waren.

Ich weiß aber noch, wie sie vor ihrer toten Schwester stand.

Waren denn keine Abdrücke von Yoru zu sehen?

An diesem Tag spielten sie nicht zusammen.

Sie hat keine Träne vergossen.

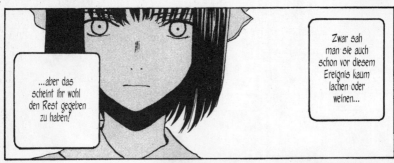

...aber das scheint ihr wohl den Rest gegeben zu haben!

Zwar sah man sie auch schon vor diesem Ereignis kaum lachen oder weinen...

...als ich das Bild sah, ist mir etwas aufgefallen.

Aber...

Auf dem Bild hat sie ihre Schuhe aber noch an.

Hat sie sich nicht, bevor sie starb ihre Schuhe ausgezogen?

Verstehst du, worauf ich hinaus möchte?

Vielleicht kannte sie einen ungewöhnlichen Brauch?

Das stimmt nicht!

Ich hab sie nicht umgebracht!

Du hast sie umgebracht!

In der Scheune waren nur ihre Schuhabdrücke zu sehen.

Mich kannst du nicht täuschen!

Weil du sie umgebracht hast!

Die Vergangenheit quält dich doch schon dein ganzes Leben lang.

Yoru Morino! Wir sind uns sehr ähnlich!

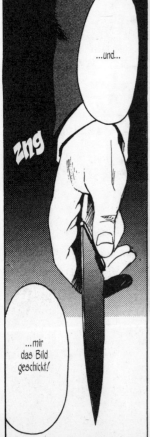

...und...

zng

...mir das Bild geschickt!

Du warst das also!

Du hast mich die ganze Zeit beobachtet. Ich wusste, dass es irgendwann dazu kommen würde!

Als du von meiner Schwester erfuhrst, hast du nur auf diese Gelegenheit gewartet...

...Yoru...

...ich hab
dir kein Bild
geschickt!

Bild...
geschickt?

?

Das
war ich!

Kamiyama!

Dieser Fall hat mich natürlich auch brennend interessiert und ich bin auf...

Yu?

...etwas gestoßen, das mich etwas stutzig gemacht hat!

Es ist allgemein bekannt, dass sich jemand die Schuhe auszieht, bevor er Selbstmord begeht.

Die Schuhe!

Er würde diese aber ordentlich neben sich stellen.

...kreuz
und quer.

Laut
Aussage
deiner
Oma...

...lagen
die Schuhe
aber...

Yoru hätte
diesen Fehler
sicherlich nicht
gemacht.

Es waren
keine weiteren
Spuren zu sehen,
weil Yoru keine
Schuhe anhatte.

Damals war
Yoru an der Reihe,
sich zu erhängen.

Als du
deine eigenen
Schuhabdrücke auf
dem Boden bemerkt
hattest, war dir die
Idee gekommen, deine
Identität mit der
deiner Schwester
zu tauschen.

Diese Chance
wolltest du dir
nicht entgehen
lassen und hast
das Notseil
durchgeschnitten.

Richtig?
„Yu" Morino?

Yepp!

Verfolgst du mich...

...schon lange?

Als ich mir sicher war, dass du dieser Schüler warst, hab ich dich nicht mehr aus den Augen gelassen.

Takami!

Morino gab mir ein Foto, das sie von einem Schüler aus der Parallelklasse bekam.

Ich fand heraus, dass dieser Schüler auch in der Vergangenheit von Morino herumschnüffelte.

Itsuki Kamiyama ...!

Wegen dir hatte ich nie die Möglichkeit, an sie heranzukommen.

Swisch

Du hängst schon seit der Mittelstufe mit ihr zusammen!

Jetzt
stört uns
niemand
mehr!

Zwar
ein alter
Trick
aber immer
noch sehr
effektiv!

Hab ich
aus dem
Chemiesaal.

Uuuuhhh!

Ahh...

Urgh!

Du hast...

Whopp

...gew...
w...o...

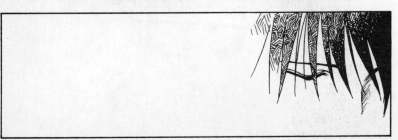

Der Boden
war voller
Blut...

Meine Fesseln
waren gelöst
und von beiden
war keine Spur
zu sehen.

Als ich
wieder zu mir
kam, waren
vier Stunden
vergangen.

Was ist...

...eigentlich
passiert?

Er wollte mich umbringen! Was ist aus ihm geworden?

Außerdem bist du verletzt!

Nichts Besonderes!

Das ist doch gelogen!

Es kam zu einem Handgemenge, aber dann lief er plötzlich davon.

Aha...

Jetzt kennen wir seine wahre Identität! Ich glaube nicht, dass er wieder zurückkommt.

Ich musste sie anlügen...

Nach dem Kampf habe ich seine Leiche hinter der Ruine vergraben.

Diese Wiese ist verwildert und wird...

...sicherlich in den nächsten Jahren nicht bebaut.

Ist die
Geschichte
wahr?

Hast du
deine Schwester
umgebracht?

Es war ein
Unfall!

Wir
waren damals
zusammen in der
Scheune...

...und
wollten unseren
Eltern mal wieder
einen Streich
spielen.

217

Als mir die
Schuhabdrücke
in der Erde
auffielen...

WUFF

WUFF

Die kleine
Heulsuse Yu
ist an diesem Tag
gestorben.

...kam mir
sofort die Idee,
meine Identität
mit der meiner
Schwester zu
tauschen.

Seit
damals habe
ich nicht mehr
in der Gegenwart
anderer
gelacht.

ENDE...

„GOTH" von OTSUICHI und OIWA Kendi
Aus dem Japanischen von Yuji Uematsu
Originaltitel: „GOTH"

1. Auflage
EGMONT MANGA & ANIME
verlegt durch
Egmont vgs verlagsgesellschaft mbH
Gertrudenstr. 30-36, 50667 Köln
Verantwortlicher Redakteur: Steffen Hautog
Lettering: Funky Kraut Productions
Gestaltung: Claudia V. Villhauer
Koordination: Christiane Dihsmaier
Buchherstellung: Angelika Rekowski
© OTSUICHI 2003
© KENDI Oiwa 2003
Originally published in Japan in 2003 by
KADOKAWA SHOTEN PUBLISHING CO., LTD., Tokyo.
German translations rights arranged with
KADOKAWA SHOTEN PUBLISHING CO., LTD., Tokyo.
© der deutschen Ausgabe Egmont vgs verlagsgesellschaft mbH, Köln 2004
Druck und Verarbeitung: Clausen & Bosse, Leck
ISBN 3-7704-6029-4

www.MangaNet.de

POSTSCRIPTUM

Ich möchte Ihnen gerne kurz erläutern, was der Begriff „Goth" bedeutet. Es ist sehr schwierig, den Begriff „Goth" in einem Wort darzustellen. Häufig werden diejenigen als „Goth" bezeichnet, die mit schwarzen Mänteln, weiß geschminkt und einen Kruzifix um den Hals, herumlaufen. Ein Filmkritiker wiederum ist der Meinung, dass die Schauspielerin Angelina Jolie, die privat Foltergeräte sammeln soll, als „Goth" bezeichnet werden kann.

Übrigens hat die Story von „Goth" ein einfaches Konzept. Die von Ungeheuern entführte Heldin wird stets von ihrem Held gerettet. Diese Idee wurde schon häufig in früheren Fantasiegeschichten verwendet. In unserer Geschichte wurden Figuren wie Gespenster, Teufel, Vampire oder Werwölfe von ungewöhnlichen und grausamen Verbrechern ersetzt. Mein Ziel ist es, mit diesem Manga den Leser zu unterhalten, wobei ich eigentlich nicht auf die Details der grausamen Verbrechen eingehen wollte. Wer möchte schon über grausame Verbrechen berichten?

Ein besonderer Dank gilt allen Lesern und Herrn Kendi Oiwa, mit dessen Hilfe mein Roman zu einem fabelhaften Manga wurde.

Otsuichi

Otsuichi, geboren 1978 in Fukuoka, wurde für sein Werk „Der Sommer, das Feuerwerk und meine Leiche" der sechste. Jump Shosetsu Nonfiction Preis verliehen. Heute lebt er mit seinen Freunden in einer WG in Tokio.

Kendi Oiwa, geboren 1978 in Gunma. Als er mit einer 50-Yen Münze in der Hand völlig durchnässt und am Ende seiner Kräfte in der Nähe von Ochanomizu auf der Straße herumtorkelte, kam ihm sein späterer Redakteur zur Hilfe und spendierte ihm einen Kaffee. Hätte dieser ihm damals nicht auf so dankenswerte Weise geholfen, würde Kendi Oiwa heute wohl keine Mangas mehr zeichnen.